ESTE CUADERNO PERTENECE A:

ADA

OTROS LIBROS
DE ANDREA BEATY
Y DAVID ROBERTS

Pedro Perfecto,
arquitecto

Rosa Pionera, ingeniera

Ada Magnífica, científica

Sofía Valdez,
presidenta tal vez

Rosa Pionera
y las Remachadoras
Rechinantes

LOS PREGUNTONES

ADA MAGNÍFICA

Y LOS PANTALONES PELIGROSOS

Andrea Beaty   ilustraciones de David Roberts

ALFAGUARA
INFANTIL Y JUVENIL

Título original: *Ada Twist and the Perilous Pants*
Primera edición: octubre de 2020
Publicado originalmente en inglés en 2019 por Amulet Books, un sello de Harry N. Abrams, Incorporated, New York. Todos los derechos reservados, en todos los países, por Harry N. Abrams, Inc.

© 2019, Andrea Beaty, por el texto
© 2019, David Roberts, por las ilustraciones
© 2022, Penguin Random House Grupo Editorial USA, LLC.
8950 SW 74th Court, Suite 2010
Miami, FL 33156
Traducción: Darío Zárate Figueroa
Diseño: Chad W. Beckerman
Adaptación del diseño original de cubierta de David Roberts y Chad W. Beckerman: Penguin Random House Grupo Editorial

www.megustaleerenespanol.com

ISBN: 978-1-644731-84-0

Impreso en Estados Unidos- *Printed in USA*

22 23 24 25 26   10 9 8 7 6 5 4 3

Penguin
Random House
Grupo Editorial

Para Rebecca.
—A. B.

Para Joel, con cariño, del tío David.
—D. R.

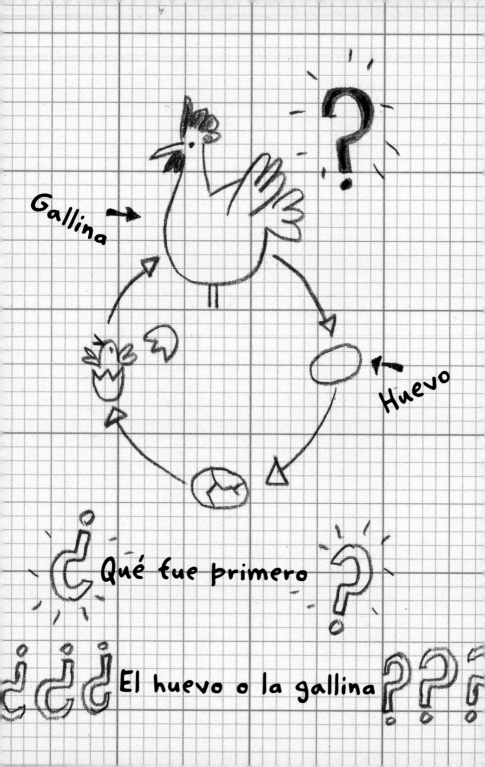

CAPÍTULO 1

Ada Magnífica despertó con el olor del desayuno. Bajó de la cama de un salto y siguió a su nariz hasta la cocina, donde su padre estaba cocinando huevos con cebolla. También estaba hirviendo dos docenas de huevos para la ensalada.

—¡Ahí estás! —exclamó él—. Los abrazos en un minuto. ¡Primero los huevos!

—¡Todos saben que primero va la gallina! —dijo Ada.

Su papá rio. Era el mismo chiste que Ada hacía cada vez que él cocinaba huevos para el desayuno. Aunque su intención era bromear, la antigua pregunta no dejaba de intrigarla: ¿qué fue primero, el huevo o la gallina?

"¡Algún día haré un experimento para averiguarlo!", pensó Ada.

—¡Primero los abrazos por acá! —dijo su mamá, que estaba sentada a la mesa con dos tazas de café.

Ada abrazó a su madre. El dulce olor de su perfume se mezcló con el aroma amargo del café caliente. Para Ada, esa mezcla era una de las mejores fragancias del mundo. Sonrió.

—Es mi turno —dijo su padre y puso el tazón de huevos con cebolla sobre la mesa.

Ada dio un paso hacia él, pero se detuvo de pronto. El fuerte y amargo aroma a café que salía de la taza de su mamá inundó sus fosas nasales. Pero la taza de su papá no olía a nada. Se acercó y olió de nuevo.

Nada.

Ada sacó su cuaderno y escribió una pregunta: ¿por qué el café de mamá huele, pero el de papá no?

Su papá sonrió y la abrazó.

—¿Ya encontraste un misterio antes del desayuno? —le preguntó.

Ada sonrió. Su mente se fue llenando de preguntas mientras miraba las tazas de café. El día acababa de empezar y ya tenía un misterio por resolver. Como científica, nada la hacía más feliz que eso.

CAPÍTULO 2

Ada sacó la cinta métrica de su bolsillo. Siempre tenía una a mano. Midió la distancia desde su nariz hasta el borde de la taza de café de su mamá. Fue acercándose poco a poco a la taza, olisqueando, midiendo y tomando notas. Podía oler el café a casi cinco pulgadas de la taza. Luego repitió los pasos con la de su papá, pero no pudo oler nada hasta que su nariz estuvo a solo una pulgada y media. Y aun así, el aroma era débil.

—¡Tu café está descompuesto, papá! —dijo Ada—. ¡No huele!

—Sigue investigando —dijo la señora Magnífica—. Lo descifrarás.

Ada sabía que usar todos sus sentidos era una excelente manera de reunir datos.

Observó las tazas con atención. De la taza de su mamá, salía vapor en forma de tenues volutas de humo. Ada puso la mano derecha sobre el vapor y la palma se humedeció. Luego puso la mano izquierda sobre la taza de su papá y la palma se quedó seca.

Finalmente, Ada tocó la taza de su mamá. Estaba caliente. La de su papá estaba helada y un poco húmeda.

—¡Cielos! —exclamó Ada.

Su papá rio, tomó su taza y le dio un trago.

—Es café helado —dijo—, pero el hielo se derritió, así que parece caliente.

—Y hablando de cosas calientes —dijo la señora Magnífica—, ¿podemos comer antes de que los huevos se enfríen?

Mientras Ada comía, más preguntas daban vueltas en su cabeza. ¿Qué hace que el café esté caliente? ¿Qué hace que humee? ¿Por qué el vapor se eleva? ¿Por qué la taza de papá estaba húmeda por fuera? ¿Por qué el café caliente huele más que el café frío? ¿Otras cosas también huelen más cuando están calientes que cuando están frías?

Cada pregunta generaba otras dos. ¡Y esas dos la conducían a cuatro más!

En ese momento, el hermano de Ada, Arturo, entró a la cocina, cargando su raqueta de tenis y sus zapatos deportivos. Cuando pasó junto a ella, Ada percibió un olor hediondo que fue como un puñetazo en la nariz.

"¡Cielos!", pensó.

Una idea surgió en su cerebro: ¡podía hacer un experimento!

—Me pregunto... —dijo, tocándose la barbilla.

Una expresión de pánico se dibujó brevemente en el rostro de Arturo. Un gesto similar cruzó la cara del gato de Ada, Mechero Bunsen, que salió corriendo de la cocina. Arturo señaló a Ada.

—¡Ada está haciendo eso de tocarse la barbilla! —dijo Arturo, que ya le había visto esa mirada antes.

Por lo general, significaba que habría algún desbarajuste. O algo peor.

—¡Oye, Arturo! —dijo Ada con entusiasmo—. ¿Quieres ayudarme a hacer ciencia?

—¡No! —dijo Arturo—. ¡Y no uses mis cosas! ¿Recuerdas lo que dijeron mamá y papá?

Arturo quería a su hermana y también le encantaban los experimentos científicos. Pero no le gustaban cuando Ada usaba sus cosas para hacerlos. Todavía estaba limpiando el pudín que tenían sus bloques de Lego desde aquella vez que Ada había realizado pruebas con ellos para descubrir qué volvía las cosas pegajosas.

Después de eso, sus padres habían establecido reglas sobre la manera en que Ada debía hacer sus experimentos, pero a veces se le olvidaban.

La regla número uno era: no tomes las cosas de Arturo sin permiso.

—Claro que lo recuerdo —dijo Ada—. Lo anoté, ¿ves?

Abrió su cuaderno y lo sostuvo frente a la cara de Arturo.

—Siempre anoto las cosas importantes para no olvidarlas —dijo Ada.

Arturo frunció el ceño y se dejó caer en una silla. Mientras se comía el desayuno, observaba a Ada con recelo, pero ella estaba demasiado ocupada como para notarlo: garabateaba notas y se sonreía. Le encantaba tener una pregunta que explorar. ¡Era un misterio! ¡Un acertijo! ¡Un rompecabezas! ¡Una misión! Ese era el momento favorito de Ada.

¡Era la hora de la ciencia!

Lee

Pregunta

Piensa?

1. ¿ Qué son los olores ?
2. ¿ Qué son los gases ?
3. ¿ Qué es el aire ?

CAPÍTULO 3

Ada pasó las siguientes dos horas leyendo sus libros de ciencia. Necesitaba saber más sobre el aire y los gases, y sobre el calor y los olores. Investigar le ayudaba a entender lo que los científicos ya habían descubierto. Le daba algunas respuestas a sus preguntas y la conducía a otras preguntas que podía explorar.

¡AIRE! ¿QUÉ ONDA CON ESO?
Por la Dra. Penelope H. Dee

¿Qué es el aire?

El aire es el gas transparente que rodea la Tierra. Es una mezcla de muchos otros gases, partículas de polvo y moléculas de agua. La mayor parte del aire está compuesta por nitrógeno (78%), seguido de oxígeno (21%) y otros gases, presentes en muy baja concentración, como el dióxido de carbono y el helio, que representan menos de la décima parte del 1 %.

Al aire que rodea la Tierra lo llamamos *atmósfera*. La gravedad atrae a la atmósfera hacia el centro de la Tierra. (Por eso es que no sale volando hacia el espacio). La presión atmosférica es la fuerza del aire que empuja los objetos hacia abajo. La presión atmosférica es más alta en la superficie terrestre porque la gravedad atrae hacia el centro del planeta todo el aire de arriba (¡Eso es mucho aire!). A medida que te alejas de la superficie del planeta y viajas hacia el espacio, hay cada vez menos aire, ¡así que hay menos presión!

Es como estar en un océano. Cuando flotas cerca de la superficie, solo hay una pequeña cantidad de agua que hace presión sobre ti. Cuando nadas en el fondo, todo el peso del agua que está sobre ti te presiona. ¡Eso es mucho más pesado!

¿Qué son los gases?

Los gases se expanden para llenar el espacio disponible. Se expanden al calentarse, y se contraen y se vuelven más densos al enfriarse.

Las moléculas de gas se mueven más rápido cuando están calientes que cuando están frías. Se desplazan hasta rebotar contra otras moléculas. Entonces cambian de dirección y siguen viajando. La difusión ocurre cuando las moléculas de un gas continúan dispersándose lo más lejos posible unas de otras.

¿Qué son los olores?

Los olores son simplemente moléculas que llegan a las células especiales ubicadas en tu nariz. Estas células se llaman neuronas receptoras olfatorias. Cuando una molécula de algún químico llega a ellas, envían un mensaje a tu cerebro, que decide si el olor es conocido, agradable, horrible, o tiene otras características.

A Ada le encantó leer sobre el aire, las moléculas y los olores; pero quería hacer algo. "Ya sé", pensó. "Trataré de responder una pregunta: ¿una cosa huele más cuando está caliente que cuando está fría?".

A partir de sus observaciones e investigaciones, Ada tenía una idea que quería poner a prueba: tenía una hipótesis.

La hipótesis de Ada: si Arturo tiene dos zapatos idénticos, pero uno está caliente y el otro está frío, el caliente apestará más.

"Perfecto", pensó Ada. "Que comience el experimento científico. Estado del proyecto: ¡En curso!".

NOTAS
Y
OBSERVACIONES
Y
PREGUNTAS

① Probé la calidad de varias paletas. A+ (necesito más paletas).

② ¿Cuántas hormigas se necesitan para comerse una paleta? 127 (necesito más paletas).

③ A las ardillas les gustan los zapatos apestosos.

④ Ardilla gris = rápida. Ardilla gris + zapato apestoso = rápida. Ardilla gris + zapato apestoso + científica aferrada al zapato = lenta.

⑤ Mamá esconde las paletas detrás de los chícharos congelados.

⑥ ¿Cómo encuentran las hormigas una paleta derretida en un zapato apestoso?

⑦ ¿Por qué se está más fresco a la sombra? ¿Todas las sombras son iguales?

⑧ ¿A Arturo le apestaban los pies de bebé?

CAPÍTULO 4

Hacía mucho calor en el patio de Ada. Llevaba una hora trabajando y ya había puesto a prueba su hipótesis siete veces. En cada una de esas ocasiones, había tomado notas. Quería probar el experimento diez veces, o hasta veinte, con el objetivo de obtener mucha información para estudiar.

Hora de realizar la prueba número ocho. Ada Magnífica guardó el cuaderno y el lápiz en el bolsillo. Se cubrió los ojos con la pañoleta. Dio tres giros y se detuvo.

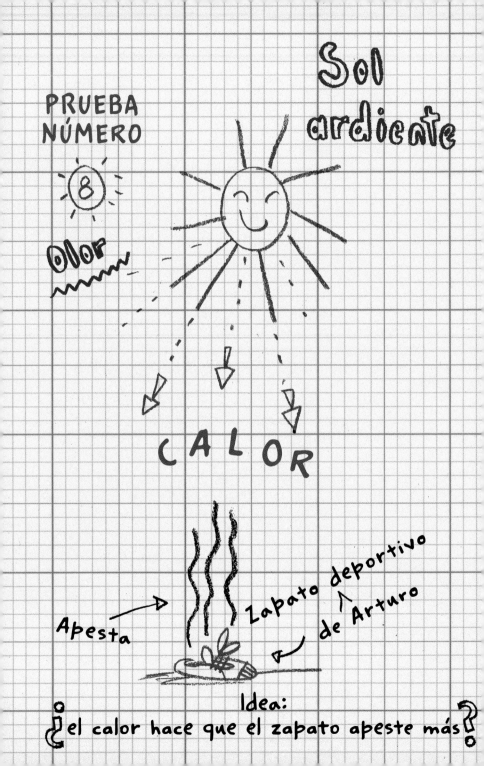

Snif, snif.

Snif, snif.

Un tenue hedor llegó hasta su fosa nasal izquierda. Ada dio un paso hacia la izquierda.

Snif, snif.

Snif, snif.

El olor era más fuerte. Dio otro paso.

Snif, snif.

¡Pum! Un terrible hedor le golpeó la nariz.

—¡Cielos! —dijo Ada—. ¡Voy por buen camino!

Dio otro paso y un olor acre le causó mucha repugnancia.

—¡Doble cielos!

Snif, snif.

Ada dio un paso. Luego otro. Luego...

¡PAF!

Había chocado con algo. ¿Qué podía ser?

COSAS QUE DEBO RECORDAR

NO TOMAR

las pertenencias de Arturo

Zapato apestoso

Calcetín hediondo

CAPÍTULO 5

Ada tocó el objeto con el dedo. Era más blando que un árbol.

Un toquecito con el dedo. Empuja.

Otro toquecito. Empuja de nuevo.

—¡No hagas eso!

¡Hacía más ruido que un árbol!

Ada echó un vistazo por debajo de la pañoleta. Vio un par de pies enfundados en calcetines a rayas. ¡Conocía esos calcetines!

Era Arturo. Estaba ahí parado, tamborileando con el pie y señalando su zapato.

—¡Hola, Arturo! —dijo Ada, quitándose la pañoleta—. ¿Viniste a ayudar?

—No —dijo él con voz malhumorada—. ¡Quiero que me devuelvas mis zapatos! ¡Deja de usar mis cosas!

—¡Pero es que tienes unos pies apestosísimos! —dijo Ada.

Lo dijo como un cumplido, pero su hermano no lo tomó así. Frunció el ceño y tamborileó más rápido.

—¡Mira! —dijo Ada, levantando el cuaderno—. ¡El zapato caliente apesta más que el frío! ¡Tal como pensé!

Le sonrió con ilusión a Arturo, quien frunció más el ceño y metió el pie derecho en el zapato frío.

—¡PUAJ! —gritó y sacó el pie.

Tenía un pedazo de paleta morada derretida pegado al calcetín.

—¿Por qué hay una paleta morada en mi zapato? —preguntó.

—Porque no teníamos rojas —dijo Ada—. ¿Crees que una paleta roja enfriaría más el zapato que una morada? ¡Podría hacer un experimento para averiguarlo!

Ada hizo una anotación. Su hermano puso los ojos en blanco.

Arturo recogió el zapato izquierdo y tres huevos duros cayeron de él.

—Ese es el zapato caliente —dijo Ada—. ¡Los huevos duros lo calentaron rapidísimo!

Notó que Arturo no estaba feliz. Tal vez no entendía lo que quería hacer. Intentó explicárselo.

—Las moléculas calientes se mueven muy rápido y rebotan —dijo Ada—, y luego los olores hacen así...

Ada señaló frenéticamente hacia todos lados y añadió un agudo *¡ZAAAS! ¡ZAAAS!* como efecto especial.

—Y las moléculas frías son lentas —continuó.

Señaló despacio hacia todos lados y añadió un *¡ZUUUM! ¡ZUUUM!* grave.

—Pero son silenciosas —dijo, repitiendo los gestos en silencio—. Y son mucho más rápidas que mis dedos. Y muy pequeñitas. ¡No puedes verlas! Y...

Arturo profirió un sonido de fastidio y puso los ojos en blanco. Agarró sus zapatos por los cordones y se fue arrastrando los pies hacia la casa.

—Ahí dentro había muchas moléculas de olor —dijo Ada—. Llegaron a mi nariz y... luego a las células receptoras... y entonces mi cerebro hizo... ¡*CIELOS*! ¡Ya sé! ¡Te voy a hacer un dibujo!

Arturo seguía caminando.

—¡Tus pies apestosos están hechos para la ciencia! —gritó Ada mientras Arturo entraba a la casa.

La puerta se cerró detrás de él.

—Humm —dijo Ada.

Arturo no entendía. Ella quería que entendiera, pero cuando intentaba explicarle, todas sus ideas salían al mismo tiempo y se enredaban. ¿Por qué siempre le pasaba eso?

Ada se sentó bajo el árbol y pensó. ¿Por qué todas sus ideas querían salir a la vez? ¿Las de otras personas hacían lo mismo? ¿Podía hacer un experimento para averiguarlo? ¿Podrían ayudarla sus amigos Rosa Pionera y Pedro Perfecto?

Sonrió. Le encantaba trabajar con sus amigos, que siempre tenían excelentes ideas. Sería un buen proyecto en el que trabajar algún día. Pensar en eso la hacía sentir mejor.

Ada volvió a sus notas. Estaba feliz con los resultados de su experimento con los olores. Había esperado reunir más datos, pero incluso con solo ocho intentos en vez de varias docenas, podía ver un patrón. Los datos parecían confirmar su hipótesis de que el zapato caliente apestaba más, pero necesitaba más datos para estar segura.

Estaba a punto de diseñar un nuevo experimento con olor y calor cuando un pájaro trinó en el árbol sobre ella.

—¡Oh, no! —dijo Ada—. ¡Por poco lo olvido! Es hora de observar los pájaros.

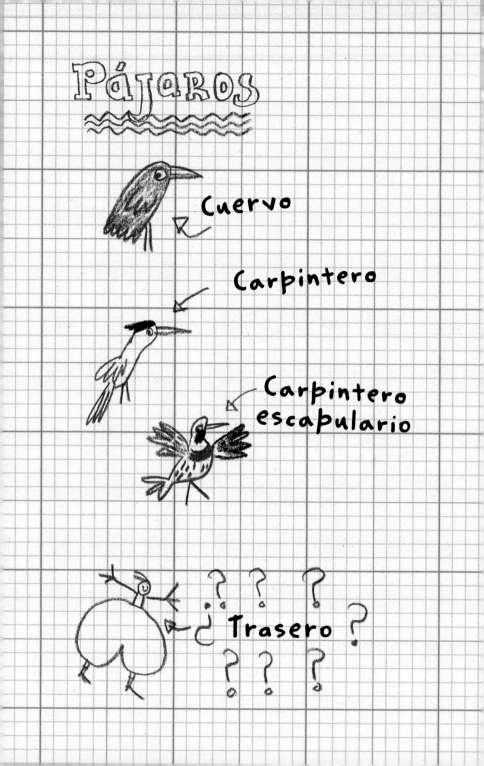

Pájaros

Cuervo

Carpintero

Carpintero escapulario

? ? ? Trasero ? ? ? ? ?

CAPÍTULO 6

Ada buscó sus binoculares y volvió al árbol. Faltaban pocas semanas para el Gran Conteo de Aves de Jardín. Todos los años, en la misma fecha, Ada se unía a las personas de todo el mundo que contaban los pájaros de sus patios. Luego, todos compartían los datos que habían recopilado. Esa información les mostraba a los científicos cuántos pájaros había, dónde vivían y hacia dónde viajaban.

Ada practicaba todos los días para identificar pájaros. Estudiaba fotos y podía reconocer muchas aves a simple vista. Pero también quería conocer sus sonidos. Escuchó a los pájaros en el árbol.

CRO-CRO-CRO.

—¡Un cuervo! —dijo.

TOC-TOC-TOC.

—¡Un pájaro carpintero!

TAP-TAP-TAP.

—¡Un carpintero escapulario!

¡UUUUUUUUUUPS!

—¿Ups? ¡A ese no lo conozco!

Volvió a escuchar.

¡OH, NOOOOOOO!

—¿Oh, no? —dijo Ada—. ¿Qué clase de pájaro suena así?

Miró por sus binoculares.

—¡Cielos! —exclamó—. ¡Eso no es un pájaro! ¡No es un avión! ¡Es... un trasero!

Ada tenía razón. Era un trasero. Un enorme trasero, perteneciente a un hombre muy delgado con un enorme bigote y un par de pantalones muy, pero muy grandes.

Eran los pantalones más grandes que Ada hubiera visto en su vida. Estaban abombados ¡y flotaban por encima del árbol!

Y no era cualquier persona. Era...

—¡TÍO NED!

Ada volteó y vio que sus amigos, Rosa Pionera y Pedro Perfecto, iban corriendo hacia ella. Gritaban y agitaban los brazos.

—¡Detén a ese tío! —gritó Rosa.

Ada miró hacia arriba. De la cintura del tío Ned, colgaba una larga cuerda que se enganchó en la rama de un árbol. Rosa y Pedro se detuvieron abruptamente junto a Ada. Estaban sin aliento y con las caras rojas.

—¡Hola! —dijo Ada.

—¡Gracias por atrapar al tío Ned! —dijo Rosa—. ¡Lo venimos siguiendo desde Río Azul!

—¿Por qué está volando? —preguntó Ada—. ¿Es un experimento? ¡Me encantan los experimentos! ¿Es un experimento sobre el vuelo? ¿El viento? ¿Las aves? ¿Las hojas? ¿Las nubes? ¿Es sobre el clima? ¿Es...?

—¡Es sobre bajarme! —gritó el tío Ned.

—¡Estamos intentándolo! —dijo Rosa.

—¿Por qué están flotando sus pantalones? —preguntó Ada—. ¿Están llenos de gas?

—¡Oí eso! —exclamó el tío Ned.

—Están llenos de helio, que es más ligero que el aire —dijo Rosa—. Los hice para él cuando era más pequeña.

—A veces los usa para salir a caminar —dijo Pedro—. O mejor dicho, a flotar, porque es otra persona quien camina y sujeta la cuerda para que no se vaya volando.

Volar por ahí con pantalones de helio era peligroso. Era arriesgado. Era imprudente. Y también era genial.

—El tío Fredo llevaba la cuerda hoy —dijo Rosa—. Pero entonces vio una...

—Déjame adivinar —dijo Ada—. ¿Vio una serpiente?

Rosa asintió. Todos conocían a su tío Fredo. Era el cuidador del zoológico de Río Azul. Todos sabían que le encantaban las serpientes. Y ellas lo adoraban. Se las encontraba por todas partes y eso siempre traía problemas.

—Recogió la serpiente —dijo Rosa— y...

—¡Y soltó la cuerda! —dijo Ada—. ¿Qué clase de serpiente era?

—¡Una muy molesta! —gritó el tío Ned—. ¡Bájenme de aquí!

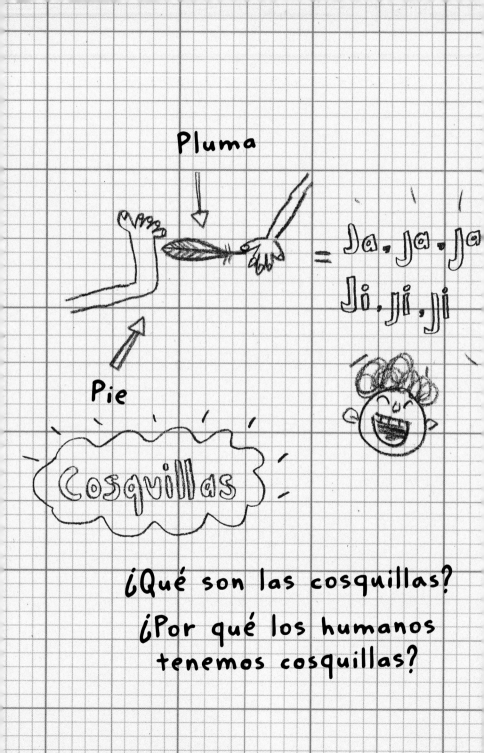

Pluma

= Ja. Ja. Ja
Ji, ji, ji

Pie

Cosquillas

¿Qué son las cosquillas?
¿Por qué los humanos
tenemos cosquillas?

CAPÍTULO 7

—Ya que estás allá arriba —gritó Ada—, ¿ves algún pájaro? Estoy tratando de contarlos.

—¡Veo a un cuervo que parece muy hambriento! —dijo el tío Ned—. No me gusta cómo me mira... Lindo pajarito... No... Quítate de mi cabeza... ¡Oye! Eso hace cosquillas. ¡Ji, ji, ji...! ¡Ya basta! ¡Ja, ja, ja! ¡Je, je, je! ¡Tengo cosquillas! ¡Ja, ja, ja, ji, ji, ji, ja, ja, ja!

El tío Ned era muy cosquilloso. Todos los tíos y tías de Rosa lo eran. Una vez que empezaban a reír, era difícil que pararan. El tío Ned trató de ahuyentar al ave, pero estaba riendo demasiado.

—¡Ji, ji, ji! ¡Ja, ja, ja!

Mientras tanto, los chicos hacían una lluvia de ideas. A menudo ideaban cosas juntos y se ayudaban entre sí con sus proyectos. Pasaban tanto tiempo respondiendo preguntas que la tía de Ada, Bernice, les había puesto un apodo. ¡Los llamaba los Preguntones!

Los Preguntones pensaron y pensaron.

—Podría crear un aparato que lo ayude a controlar los pantalones de helio —dijo Rosa, que era ingeniera—. Pero ¿cómo se lo entregaríamos?

—¡Ya sé! —dijo Pedro, que era arquitecto—. ¡Podemos construir una casa en el árbol y trepar hasta él! ¡O podríamos hacer la Torre Inclinada de Cajas de Pizza! ¿Tienen cincuenta cajas de pizza?

Ada negó con la cabeza.

—Ya no importa —dijo.

—¿Por qué no? —preguntó Pedro.

—Miren —dijo Ada.

Pedro y Rosa miraron hacia arriba. Vieron muchas ramas. Vieron muchas hojas. Vieron un cuervo hambriento. Pero NO vieron un par de peligrosos pantalones inflados ni un hombre flaco con un bigote enorme.

¡El tío Ned no estaba!

$$\text{Helio} = \text{He}^2$$

¿Qué es el helio?

¿Por qué el helio hace que los globos floten?

Arriba

CAPÍTULO 8

Los tres niños miraron a un lado y a otro. No había rastro del tío Ned ni de sus pantalones peligrosos.

—¿Crees que el cuervo se lo haya comido? —preguntó Pedro.

—¡Podría estar en cualquier lugar! —dijo Rosa, preocupada.

—Pensemos como científicos —dijo Ada con calma—. Empecemos con preguntas.

Rosa miró hacia arriba.

—¿Qué tal si subió hasta el espacio? —preguntó.

Ada se tocó la barbilla y pensó un momento.

—No creo que el tío Ned pueda llegar al espacio —dijo—. Estuve leyendo sobre gases en mi libro. El helio es un gas y sigue todas las reglas de los gases. Las moléculas de gas se dispersan en todas direcciones para llenar el espacio que las rodea.

Ada empezó a señalar hacia todos lados y a hacer efectos de sonido. Quería contarles a Rosa y a Pedro todas las cosas que había leído sobre los gases. Las ideas llenaban su cerebro y luchaban por salir todas a la vez.

Entonces, se detuvo. Estaba haciendo lo mismo que cuando trató de explicarle su experimento a Arturo. Eso no funcionaba muy bien. Tal vez era hora de intentar algo nuevo.

—¡Les mostraré! —dijo.

Ada respiró profundo y sacó su cuaderno. A veces la ayudaba dibujar en su cuaderno y luego explicar sus bosquejos.

—El helio es un gas, por tanto, sigue las reglas de todos los gases —dijo—. Las moléculas de gas se dispersan para llenar el espacio que las rodea, así que las moléculas de helio están llenando todo el espacio dentro de los pantalones. Empujan el material de estos con suficiente fuerza como para que se inflen. ¿Ven?

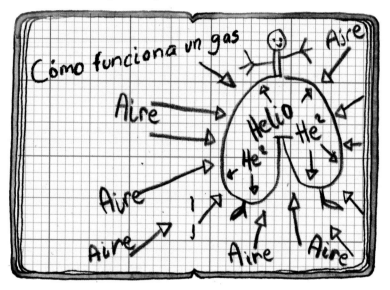

Usar imágenes hacía que fuera mucho más fácil explicar las cosas. Sus ideas parecían formarse y salir en el orden correcto. Y estaba funcionando.

Mientras ella explicaba, Rosa y Pedro asentían, aunque aún parecían un poco confundidos. Ada continuó:

—Mientras las moléculas de gas empujan hacia afuera, el aire sobre el tío Ned y a su alrededor también trata de esparcirse, y ejerce presión sobre el exterior de los pantalones.

—¿Y entonces? —dijo Pedro.

—Pues que los pantalones son un globo —dijo Ada—. El gas de adentro trata de expandirse, pero la fuerza del globo y la presión del aire de afuera impiden que se estire demasiado.

—De acuerdo —dijo Pedro.

—Entonces —dijo Ada—, si el tío Ned sube y sube y sube, hay menos aire sobre él y a su alrededor, así que hay menos moléculas empujando el exterior de los pantalones, pero la presión de las moléculas de helio *dentro* de los pantalones sigue siendo la misma.

Rosa intervino:

—Por tanto..., el helio dentro de los pantalones puede expandirse porque hay más presión adentro que afuera.

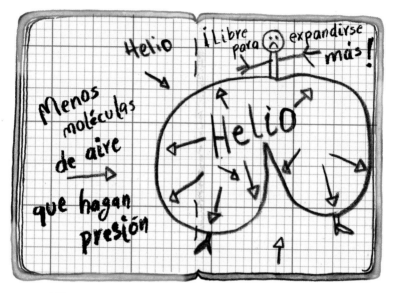

—¡Correcto! —contestó Ada, tratando de recordar lo que había leído. Se tocó la barbilla y dijo—: Entonces..., ¡los pantalones del tío Ned seguirán inflándose!

—¿Y? —preguntó Rosa.

—Y se harán más y más grandes y... —dijo Ada.

—¿Y? —preguntó Rosa, nerviosa.

Ada tragó saliva.

—¿Y qué? —volvió a preguntar Rosa.

Ada respiró profundo y su cara adoptó una expresión de preocupación.

—¿Qué? — preguntó impaciente Rosa.

—La presión dentro de los pantalones será mucho más fuerte que la externa —dijo Ada— y... van a reventarse.

—¡Oh, no! —exclamó Rosa—. ¡El tío Ned caerá desde el espacio!

—No. ¡El espacio está a sesenta millas de altitud! —dijo Ada—. ¡Los pantalones explotarían mucho antes!

Rosa abrió los ojos muy grandes.

—¡Oh, no! —dijo Ada—. No estoy explicándolo bien. No quise preocuparte. Solo quise decir que no flotará tanto...

Pero Rosa sí que estaba preocupada. Miró hacia el cielo y una pequeña lágrima apareció en la comisura de su ojo.

GRAVEDAD

EL MUNDO

¿Por qué?

¿Qué es la gravedad?

¿Cómo funciona la gravedad?

CAPÍTULO 9

Ada no quería preocupar a Rosa. ¿Cómo podía explicarlo? Pensó un momento. Probó una nueva estrategia.

—¿Qué pasó cuando el tío Fredo soltó la cuerda del tío Ned? —preguntó.

—El tío Ned se fue flotando —respondió Pedro.

—Bueno, pero ¿cómo lo hizo *exactamente*? —preguntó Ada—. ¿Se fue directo hacia arriba? ¿Se alejó flotando sobre el suelo? ¿Iba arriba y abajo como una boya en el agua? ¿Se fue en línea recta? ¿Zigzagueó?

—No sé —dijo Rosa, más triste que nunca.

Ada abrazó a su amiga y sonrió.

—Solo dime lo que viste —le dijo con gentileza—. ¿Qué observaste *exactamente*? Si pensamos como científicos, averiguaremos hacia dónde fue el tío Ned. Entonces, lo encontraremos y lo rescataremos. No vamos a rendirnos.

—Rosa —dijo Pedro—, siempre nos dices que no nos rindamos. ¿Recuerdas?

Rosa sonrió y respiró profundo para calmarse.

—¡Detente y piensa! —se dijo a sí misma.

Ese era el consejo que su tía Rosie le daba con frecuencia. La ayudaba a concentrarse cuando tenía un problema que resolver.

—Bueno —dijo Rosa—. Lo primero que pasó fue que el tío Fredo soltó la cuerda.

—Luego, el tío Ned se elevó en el aire —dijo Pedro.

—¿A qué altura? —preguntó Ada.

—Dos veces la de nuestro techo —dijo Rosa—. ¡Y entonces se detuvo!

—¡Qué bien! —dijo Ada—. ¡Esa es una buena noticia!

—Al tío Ned no le pareció así —dijo Pedro.

—¡Es una excelente noticia! —dijo Ada—. Les voy a mostrar.

Hizo otro dibujo del tío Ned en el aire. Estaba rodeado de muchas flechas que apuntaban hacia todos lados.

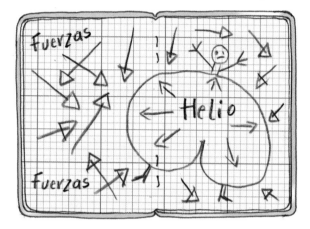

—Cada flecha muestra una fuerza —dijo Ada—. Esa fuerza es la manera en que la energía actúa sobre un objeto. Por ejemplo, el tío Ned es el objeto, y las fuerzas son el aire que lo empuja desde arriba y la gravedad que lo atrae hacia el centro de la Tierra.

—Pero el aire sobre el que flota es una fuerza que lo empuja hacia arriba —dijo Pedro—. ¡Es como un barco en el agua!

—¡Sí! —dijo Ada—. ¡Esas flechas que apuntan hacia arriba muestran su flotabilidad!

—¡Y también está el impulso hacia arriba del helio, que trata de elevarse sobre el aire más pesado! —dijo Rosa.

—Así que los pantalones quieren ir hacia arriba —dijo Ada—, pero las otras fuerzas lo retienen abajo. Encontraremos al tío Ned en el punto en que esas fuerzas se equilibran. En este momento, este está situado a ¡dos veces la altura del techo de Rosa!

—Eso está muy lejos del espacio —dijo Rosa. Sonaba más tranquila.

—Así es —respondió Ada.

—Bueno —dijo Pedro—, ¿y qué pasa con el viento? Es una fuerza que lo está empujando desde el costado.

—Si al tío Ned se lo llevó el viento —dijo Ada—, ¡sigamos al viento!

CAPÍTULO 10

Ada recogió un puñado de polvo del suelo. Extendió la mano y lo dejó caer. Las partículas pesadas cayeron, pero el polvo más fino se fue volando en dirección a Río Azul. Ada sacó una brújula de su bolsillo (siempre la tenía a mano). La aguja señaló hacia el norte.

Los tres amigos corrieron en esa dirección. Con suerte, la cuerda del tío Ned se enredaría en alguno de los altos árboles que bordeaban el río. Entonces, podrían averiguar cómo bajarlo. Los Preguntones dejaron atrás la escuela y la

biblioteca. Iban pasando junto a la alcaldía cuando Ada se detuvo en seco.

—¡GUAU!

Pedro y Rosa chocaron con Ada, y los tres amigos cayeron uno encima del otro.

—¡Ay! —se quejó Rosa.

—¿Por qué te detuviste? —preguntó Pedro.

—¡Miren la veleta! —exclamó Ada.

Rosa y Pedro miraron la veleta de cobre que coronaba el edificio de la alcaldía. La flecha apuntaba hacia el norte, en dirección al río.

—Hacia allá vamos —dijo Rosa.

—¡Ese es el problema! —dijo Ada—. Las veletas tienen forma de cuña, así que ¡siempre apuntan a la dirección DE DONDE VIENE el viento!

—¡Eso significa que el viento sopla hacia el sur! —dijo Pedro—. Pero el polvo voló en dirección al norte.

—El polvo está cerca del suelo —dijo Ada—. ¡El tío Ned está en lo alto, igual que la veleta!

Pedro parecía confundido.

—El aire circula en corrientes, como el agua en el océano —dijo Ada—. Puede haber corrientes moviéndose en diferentes direcciones. Así que el aire de abajo y el que está a mayor altitud pueden soplar en direcciones distintas.

—¿Y si el tío Ned ya salió volando del pueblo? —preguntó Rosa—. ¿Y si nunca lo encontramos?

De pronto, un camión de bomberos rojo dobló la esquina y bajó por la calle a toda velocidad.

¡PIII! ¡PIII!

¡UUUUH, UUUUH! ¡UUUUH, UUUUH!

¡PIII! ¡PIII!

—¡Creo que alguien ya lo encontró! —dijo Pedro.

Un autobús corto, con rayas como de cebra, dio vuelta a la esquina también y se detuvo frente a los niños. Era el tío Fredo en el zoobús.

—¡Suban! —dijo—. ¡Ya encontramos al tío Ned!

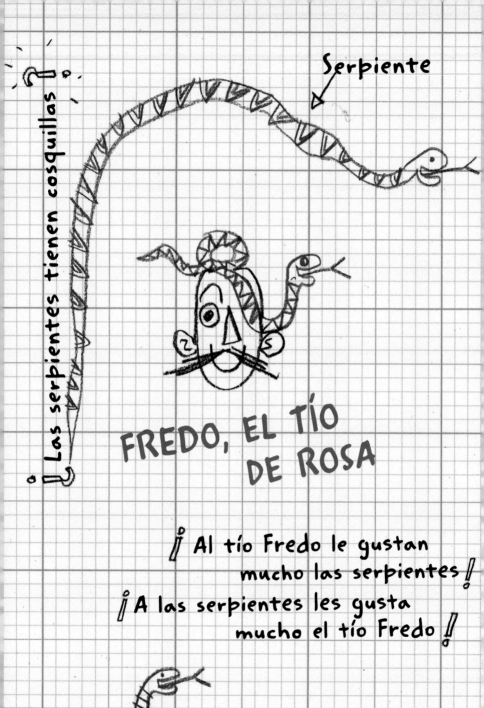

Serpiente

Las serpientes tienen cosquillas

FREDO, EL TÍO DE ROSA

¡Al tío Fredo le gustan mucho las serpientes!
¡A las serpientes les gusta mucho el tío Fredo!

CAPÍTULO II

El tío Fredo pisó el acelerador. Siguieron al camión de bomberos, que dobló otra esquina y se detuvo detrás de la vieja fábrica de *jeeps*. Del camión salieron Berta y Boris, del departamento de bomberos voluntarios de Río Azul. Rosa, Ada, Pedro y el tío Fredo bajaron del zoobús.

Era la fábrica donde la vecina de Rosa, la señora Lu, había armado *jeeps* durante la Segunda Guerra Mundial. Llevaba años cerrada y la mayor parte del edificio estaba destruida. Solo quedaban en pie tres altas paredes que formaban una U. En el centro de este espacio había un pequeño estacionamiento vacío pavimentado con asfalto negro. El sol abrasador caía a plomo en la superficie caliente y aceitosa, y el olor a brea llenaba el aire. Era un hedor denso que a Ada no le gustaba nada.

El tío Ned estaba atrapado en una corriente de aire que daba vueltas lentamente dentro de la zona en forma de U. El torbellino recogía partículas de polvo y pequeñas hojas y, con pereza, las hacía dar vueltas y vueltas en el aire junto con el tío Ned.

—Es como en un río —dijo Pedro—, donde el agua se atora entre las piedras y gira y gira.

—Creo que a eso lo llaman remolino —dijo Rosa—, pero ¿cuánto tiempo puede durar así?

Berta y Boris extendieron la escalera del camión de bomberos. Rosa los conocía, pues eran

los recicladores de Río Azul. A menudo le dejaban cajas de material reciclable para sus inventos.

—¡Hola, Rosa! ¡Hola, Ada! ¡Hola, Pedro! —dijeron.

El tío Ned estaba atrapado en el remolino de aire, cerca del borde superior de una de las paredes. Estaba demasiado lejos de esta como para sujetarse y a demasiada altura como para que la escalera lo alcanzara.

—¡Hola, Ned! —gritó Berta—. ¡Danos un minuto y te bajaremos!

—¡Cuando quieras, Berta! —dijo el tío Ned mientras daba vueltas y vueltas—. ¡Me estoy mareando-ando-ando! ¡Uuuuuuh!

Boris subió hasta lo más alto de la escalera y trató de agarrar la cuerda que colgaba de los peligrosos pantalones del tío Ned. Estaba fuera de su alcance.

—¡Nuestra escalera es muy corta! —gritó Boris—. ¿Puedes flotar más bajo?

—¡Noooooo! —exclamó Ned—. ¡Estoy atrapado aquí!

Berta extendió la gruesa manguera blanca.

—¡Te voy a bajar con el chorro de la manguera! —gritó.

—¡No! —dijo Rosa—. ¡Si se sale del remolino, un viento cruzado lo arrastrará y se irá flotando!

Ada miró las paredes con atención. El torbellino mantenía al tío Ned girando en un solo lugar. Pedro estaba en lo cierto: era como un remolino de agua en un río. Pero Rosa también tenía razón: si algo cambiaba, era posible que el tío Ned saliera volando de nuevo. Un chorro de agua de la manguera podía provocar un desastre.

Por todo Río Azul, corrió la noticia de los peligrosos pantalones del tío Ned. Pronto, una multitud se había reunido a mirar. Vitoreaban a los bomberos y a los Preguntones, y trataban de tranquilizar a Ned cantándole y contándole chistes.

Lo de los chistes fue mala idea: cada vez que empezaba a reír, sus pantalones se sacudían y él daba bandazos en el remolino. ¡Una carcajada podía echarlo a volar!

—Es todo un cuadro —dijo Ben Ross, de la tienda de arte Retoño Feliz. Sacó un cuadernillo de bocetos y se puso a dibujar.

—¿Él tiene licencia para eso? —preguntó el alcalde.

—¿Y si entrenamos un águila para que reviente esos pantalones peligrosos? —le preguntó alguien al tío Fredo.

La multitud aprobó esa idea y aplaudió. Por desgracia, el águila estaba en el zoológico. Entretanto, tres monos, cuatro lémures y un avestruz corrían entre la multitud, y el tío Fredo trataba de atraparlos.

Un reportero del *Diario de Río Azul* entrevistó al tío Ned y le tomó algunas fotos para la edición de la tarde.

Era una situación muy emocionante, pero mientras todos estaban concentrados en Ned y sus pantalones peligrosos, Ada Magnífica se había apartado y tocaba su barbilla. Estaba pensando. Las preguntas se arremolinaban en su mente. El tío Ned flotaba exactamente a esa altura debido a todas las fuerzas que lo empujaban hacia abajo y hacia arriba. ¿Sería posible cambiar esas fuerzas para que flotara más bajo y los bomberos pudieran atraparlo? ¿Podían añadirle peso? ¿Podrían ayudar los monos? ¿De verdad sería posible entrenar un águila para que reventara los pantalones? ¿Eso haría que el tío Ned saliera disparado hacia el cielo como un globo que se desinfla? ¿Y si se golpeaba con algo? ¿Rebotaría?

El sol caía a plomo sobre Ada y el hedor del asfalto se alzaba desde el suelo. Era una peste que le repugnaba y la mareaba un poco.

Sacudió la cabeza para tratar de pensar. Volvió a tocarse la barbilla y garabateó unas notas. El murmullo de la multitud se desvaneció. Había muchas preguntas por responder, muchas cosas que averiguar. A Ada, el mundo entero le parecía un gran globo de caricatura lleno de signos de interrogación.

Hojeó su cuaderno y miró los dibujos que había hecho para Rosa. Todas las fuerzas que actuaban sobre los pantalones peligrosos del tío Ned lo mantenían en un punto. Si alguna de esas fuerzas cambiaba, el tío Ned se movería. El truco era hacer que se desplazara en la dirección correcta.

De la misma manera en que añadir carga a un barco cambia su nivel de flotación en el agua, tal vez podían cambiar el nivel de flotación de los pantalones del tío Ned en el aire. Pero ¿cómo les añadirían carga y que usarían como lastre? ¿Cómo podrían llevarle algo al tío Ned si no podían alcanzarlo?

De pronto, Ada tuvo una idea. Salió de su burbuja de pensamientos y miró a su alrededor. Rosa y Pedro le sonreían.

—Tienes una idea —dijo Rosa, que ya conocía esa expresión que Ada tenía en la cara.

—¿Cómo ayudamos? —preguntó Pedro.

Ada escribió unas notas y se las mostró a sus amigos. Pedro y Rosa asintieron. Rosa corrió hacia el tío Fredo y le susurró algo al oído. Él también asintió.

—Le seguiremos la pista al tío Ned en caso de que vuelva a salir volando —dijeron Pedro y Rosa.

Ada se puso el lápiz detrás de la oreja y se guardó el cuaderno en el bolsillo.

—¡No te preocupes, tío Ned! —gritó—. ¡Te bajaremos!

—¿Pueden hacerlo rápidoooooooooo? —respondió él—. ¡Creo que el cuervo viene de regreso!

Rosa señaló una nube oscura en el horizonte.

—No es lo único que se acerca —dijo con preocupación—. Creo que no tenemos mucho tiempo
antes de que el viento cambie. ¡Dense prisa!

Ada asintió. Subió al zoobús; una vez más, el
tío Fredo pisó el acelerador y ¡se fueron!

Recuerda no olvidarlo

CAPÍTULO 12

Ada subió las escaleras hacia el cuarto de Arturo. Un momento después, bajó corriendo con la raqueta de tenis de su hermano y una gran bolsa llena de pelotas.

La señora Magnífica la detuvo en la puerta.

—¡Ada! —le dijo—. ¿Esas cosas son de Arturo?

—¡Es una emergencia! —dijo Ada.

Su madre la miró.

—Ada —dijo con calma—, ya hemos hablado de esto. No puedes usar las cosas de tu hermano sin su permiso. Si necesitas una raqueta, usa la tuya. ¿Dónde está?

—Pues... —dijo Ada.

—Esa no es una buena respuesta y lo sabes.

Ada lo sabía. Lo que no sabía era dónde había dejado su raqueta. Había muchas posibilidades, pero no tenía tiempo para resolver ese problema.

—Mamá, tengo que irme ya —dijo Ada—. ¡Esto es muy importante!

La señora Magnífica se cruzó de brazos y dijo:

—Esto también.

—¡Pero el viento puede cambiar y entonces el remolino puede deshacerse! —dijo Ada—. ¡Y estas pelotas de tenis pueden añadir suficiente masa a los pantalones para compensar la flotabilidad! ¡Así las fuerzas se equilibrarán a menor altura! ¿No lo ves?

—¿Qué? —dijo la señora Magnífica, que no parecía contenta.

Ada no estaba contenta.

¿Por qué su madre no entendía lo que estaba diciendo? No tenía tiempo de hacerle un dibujo. Tal vez si hablaba más rápido y más fuerte...

Ada dejó salir sus ideas lo más fuerte y rápido que pudo, pero sus palabras se enredaron, tropezaron unas con otras, titubearon. Algunas quedaron fuera por completo.

—Presión del aire... Jeep... Fuerza de flotación... Monos... ¡Gravedad! —dijo Ada, lo más rápido que pudo—. Pelotas de tenis... ¡LÉMURES SALTARINES!

—¡ADA MARIE!

Ada dejó de hablar. Su madre estaba frustrada y exhausta. Estaba furiosa. Y el tiempo se acababa.

—¡Mamá! —dijo Ada—. Las fuerzas que empujan hacia abajo tienen que ser mayores que la fuerza de flotación o los pantalones nunca se hundirán, y...

—¡Ada! —la interrumpió la señora Magnífica—. ¿Qué te dije?

Los padres de Ada siempre le decían cosas, así que ella tenía una lista en su cuaderno. Lo abrió.

—El baño no es un laboratorio de ciencia —dijo.

—Eso no —dijo su madre.

—La despensa no es una granja de hormigas —dijo Ada.

—¿Qué más?

—No pongas mi cepillo de dientes en el cajón de lombrices —dijo Ada.

—Ada —dijo su madre con la voz que usaba cuando trataba de mantener la calma—, ¿qué te dijimos sobre las cosas de tu hermano?

Su madre estaba molesta y eso hizo que Ada pensara en Rosa, que también estaba molesta. Rosa estaba asustada y preocupada por el tío Ned. El tiempo se agotaba y, sin importar cuán rápido hablara Ada o cómo intentara explicar las cosas, su madre no la entendía. ¿Qué haría Rosa si el tío Ned se iba volando? ¿Y si volaba hasta otro país? ¿Y si Rosa nunca volvía a verlo? Ada se puso triste. El corazón se le hizo gelatina.

Dejó de hablar y se quedó parada en silencio, sin saber qué hacer.

—Ada, ya sabes que...

De pronto, la señora Magnífica también dejó de hablar. Se acomodó los lentes y miró con atención la cara de su hija. En ese momento, también a ella se le hizo gelatina el corazón. Ada estaba haciendo su mejor esfuerzo por decirle algo y ella no la estaba entendiendo.

La señora Magnífica suspiró y se puso de rodillas junto a Ada. La miró y sonrió con gentileza. Respiró profundo y habló despacio.

—Comienza por el principio —dijo.

Y eso hizo Ada. Le habló a su mamá de los pájaros y el árbol, y de cómo el tío Ned había volado hacia...

La señora Twist se puso en pie de un salto.

—i¿Qué?! —dijo—. ¿Ned está volando por todo el pueblo con pantalones de helio? ¡Esto es una emergencia!

—Ya sé, pero está bien —dijo Ada.

—¿Qué quieres decir? —preguntó su madre—. ¿Cómo que está bien?

Ada sonrió.

—Porque ya sé qué hacer.

YO

A MI HERMANO

CAPÍTULO 13

En ese momento, llegó Arturo, el hermano de Ada, y señaló la raqueta.

—¿Esa es mi raq...? —empezó a decir, pero luego se interrumpió—: ¡Mamá! ¡Hay un tipo con pantalones de globo volando por todo el pueblo! ¡Creo que está en problemas!

—Ya lo sabemos —dijo la señora Magnífica.

Arturo miró a su mamá. Miró a Ada. Miró su raqueta de tenis, que era su posesión más preciada en el mundo.

Volvió a mirar a Ada.

—¿Cómo puedo ayudar? —preguntó.

CAPÍTULO 14

Regresaron a la fábrica a toda velocidad. El zoobús frenó en seco y el tío Fredo tiró de la palanca para abrir la puerta.

—¡Buena suerte, Ada! —exclamó.

Bajaron del autobús.

—¡Todavía está allá arriba! —dijo Arturo, señalando al tío Ned.

La multitud era más grande que antes. Los monos subían y bajaban por la escalera de bomberos, y el avestruz picoteaba la manguera.

—¡Ya estamos aquí! —anunció Ada.

—¡Holaaaaaa! —gritó el tío Ned.

—Vamos a trabajar —dijo Ada.

Arturo abrió la bolsa de pelotas de tenis.

Ada sacó una pelota y tomó la raqueta.

—¿Cuál es el plan? —preguntó Pedro.

—Voy a lanzarle pelotas al tío Ned y, cuando él las atrape, la masa se añadirá a la suya y la gravedad lo atraerá al suelo, y luego... —dijo Ada.

Pedro parecía confundido.

Ada empezó a sentirse abrumada. Necesitaba explicar el plan, pero no tenía tiempo para hacer un dibujo.

Rosa miró a Ada y sonrió.

—¡Ya entiendo! —dijo—. El tío Ned es como un barco que flota en un mar de aire. ¡Vas a añadirle peso con las pelotas hasta que su "barco" se hunda y Boris pueda agarrarlo!

—¡Vas a vencer a la fuerza de flotación! —dijo Pedro—. ¿Ves? ¡Lo entiendo!

Ada estaba radiante. ¡Ahora solo tenía que poner el plan en marcha!

—¡Pon las pelotas en tu casco, tío Ned! —gritó.

—¡Está bien! —respondió él—. Pero ¿puedes apurarte? ¡En esa pared hay dos pájaros que se ven muy malos!

—¿Cómo son? —preguntó Ada.

—Son negros y morados, y tienen la cola en forma de V —dijo el tío Ned—. ¡Se lanzan contra mí como locos!

—¿Tienen el pico naranja? —preguntó Ada.

—¡No! —gritó el tío Ned—. ¡Tienen ojillos redondos y muy mala actitud!

Ada pensó un momento y volvió a gritar:

—¿Tienes libélulas en el bolsillo?

—¡No! —respondió el tío Ned.

—Entonces no te preocupes —dijo Ada—. Son golondrinas purpúreas y comen insectos voladores, como las libélulas. No te molestarán.

—¡Ufff, qué alivio! —replicó el tío Ned, mientras volvía a girar una y otra vez.

Ada tomó una pelota de tenis y apuntó.

—Necesito darle en este ángulo —dijo, señalando al tío Ned.

—Son unos cien grados —dijo Pedro—. El otro día usé un ángulo así para mi arco de galletas de queso. ¡Estuvo delicioso!

LA GOLONDRINA PURPÚREA
Tomado de la *Guía de aves para nerds*

Por el Sr. Otto Bonn

La golondrina purpúrea
Familia *Hirundinidae*
Género y especie: *Progne subis*

Las golondrinas son aves esbeltas y gráciles que se lanzan en picada en el aire para atrapar insectos. Tienen alas puntiagudas, patas pequeñas y picos cortos, que abren de par en par para atrapar insectos en vuelo.

La golondrina purpúrea es la golondrina más grande de Norteamérica. Los machos son de un negro violáceo, por arriba y por abajo. Es la única especie con el vientre de color negro. Las hembras tienen un color más claro, incluyendo el vientre y la garganta. Las plumas de la cola de la golondrina purpúrea tienen forma de V.

La golondrina purpúrea migra a Sudamérica cada invierno y regresa a Norteamérica para anidar en primavera. Anida en campos semiabiertos, cerca de fuentes de agua, pueblos y granjas. En el oeste, se la puede encontrar en desiertos de saguaros y bosques de montaña.

A la golondrina purpúrea le gusta anidar en comunidad. A menudo lo hace en casas para pájaros de varias habitaciones, construidas por humanos. Sin embargo, las poblaciones de esta especie están disminuyendo, posiblemente debido a la falta de sitios para anidar y a la competencia con los estorninos.

—Aquí va —dijo Ada.

Dio un golpe con la raqueta.

¡ZIS!

La pelota, de color verde brillante, salió volando directamente hacia la cabeza de Pedro. Le rozó el cabello, rebotó en la pared y le tumbó el lápiz de la mano a Barb Ross.

—¡Oye! —dijo Pedro—. ¡Apúntale al tío Ned!

—¡Eso hice! —dijo Ada.

Hizo otro intento.

¡ZAS!

La pelota dio contra la escalera de bomberos, junto a un mono. Este dio un chillido, agarró la pelota y se fue corriendo.

—¡Perdón! —dijo Ada.

¡ZIS!

¡ZAS!

Ada lanzó pelota tras pelota y cayeron en todas partes EXCEPTO donde debían.

Ada frunció el ceño. Estaba frustrada. ¿Por qué no funcionaba? Estudió su cuaderno.

—¿Por qué no está funcionando? —preguntó—. Sé a qué altura pegarle a la pelota y con cuánta fuerza.

—Saber qué hacer no es lo mismo que poder hacerlo —dijo su mamá.

La madre de Ada tenía razón. Ada sabía todo sobre las fuerzas y los ángulos, pero no sabía cómo golpear las pelotas para que todo funcionara. Solo conocía a una persona capaz de lograrlo. Le entregó la raqueta a su hermano.

—¿Puedes hacerlo? —le preguntó.

Arturo sonrió.

—¿El mundialmente famoso campeón de tenis Arthur Ashe usaba muñequeras? — dijo.

Ada sabía la respuesta. Su hermano tenía cinco pósteres de su tenista favorito en las paredes de su cuarto. En todos ellos, Arthur Ashe llevaba muñequeras.

¿QUÉ ES UN REMOLINO?

Una corriente arremolinada

Un flujo de aire en bucle

El aire fluye en BUCLES o CÍRCULOS
en UN SOLO LUGAR

DANDO VUELTAS y VUELTAS

CAPÍTULO 15

Las nubes oscuras se acercaban cada vez más y Ada podía ver que los árboles lejanos se bamboleaban con el viento. Venía una tormenta. Pronto, ese viento llegaría a la fábrica y todo cambiaría. El remolino que tenía atrapado al tío Ned se dispersaría y dejaría de retenelo. Y entonces, quién sabe a dónde se iría volando.

—¡Apúrate, Arturo! —dijo Ada—. Se nos acaba el tiempo.

Arturo tomó una pelota de tenis.

¡ZIS!

La pelota se alzó en el aire, voló ligera sobre el tío Ned y pasó de largo. Cayó al suelo con un ruido suave.

—Le di demasiado duro —dijo Arturo y ajustó su agarre.

Hizo otro intento.

¡ZAS!

Esta vez, la pelota describió un alto arco en el aire. ¡El tío Ned extendió la mano y la agarró! La multitud vitoreó. El tío Ned se quitó el casco y guardó la pelota adentro.

—¡Sigue así! —dijo Ada.

¡ZIS! ¡ZAS! ¡ZIS!

Arturo lanzó al aire pelota tras pelota. Una tras otra, llegaban lo bastante cerca para que el tío Ned las atrapara y las pusiera en su casco. Tal como esperaba Ada, el tío Ned bajó un poco. El plan estaba funcionando. ¡La multitud enloqueció!

—¡Sí! —exclamaban—. ¡Arturo! ¡Arturo!

Al igual que su tenista favorito en Centre Court, en Wimbledon, Arturo respiró profundo y se concentró.

¡ZIS! ¡ZAS! ¡ZIS!

Arturo lanzaba las pelotas perfectamente. El tío Ned no pudo atrapar una, pero sí las dos siguientes. Con cada pelota que colocaba en el casco, bajaba un poco más. Ya flotaba a pocos pies del alcance de Boris, que estiró los brazos lo más que pudo.

—¡Ya casi te alcanzo! —gritó Boris—. ¡Apúrate, Arturo, ya vienen las nubes de tormenta!

En efecto, los nubarrones se acercaban cada vez más y más.

¡ZIS!

—¡Una más! —gritó Ada.

¡ZAS!

Con perfecta precisión, Arturo lanzó una pelota al aire. La pelota subió... y subió... y subió... hasta la mano extendida del tío Ned.

El tío Ned la agarró y la añadió al montón de pelotas en su casco.

Bajó poco a poco hacia la escalera mientras Boris se estiraba y se estiraba y se estiraba...

CALIENTE CALIENTE CALIENTE

CALIENTE
CALIENTE
CALIENTE

El calor sube

Arriba

Asfalto
caliente

Suelo caliente

?

YO ♥ A LOS
GATOS

CAPÍTULO 16

En ese momento, una gran libélula pasó volando junto a la cabeza del tío Ned.

Una golondrina purpúrea vio a la libélula y se lanzó tras ella.

¡Ssssssss!

El pájaro pasó junto a la oreja derecha del tío Ned.

¡Sssssss!

La otra golondrina purpúrea pasó junto a su oreja izquierda. Aleteaban y daban volteretas en el aire como acróbatas. Justo cuando los dedos de Boris ya tocaban la punta del zapato del tío Ned, la libélula se paró en la nariz de este último.

—¡AYUDA! —gritó el tío Ned mientras soltaba el casco y se daba una palmada en la cara.

El casco cayó al suelo. Las pelotas verdes cayeron al asfalto ardiente y rebotaron en todas direcciones.

¡Boing! ¡Boing! ¡Boing!

Los lémures, los monos y el avestruz persiguieron las pelotas directamente hacia la multitud. ¡La gente gritaba y chillaba! ¡Era un caos!

Ada, Pedro y Rosa observaron horrorizados que el tío Ned se elevaba en el aire fuera del alcance de Boris.

—¡Ayuuuuda! —gritó el tío Ned—. ¡Hagan algo!

¡Las pelotas de tenis rebotaban como moléculas de gas, dispersándose en todas direcciones! Igual que las moléculas que salían del zapato caliente y apestoso de Arturo.

Ada recordó su experimento y lo que había aprendido. El zapato caliente apestaba más que el frío. O, al menos, su olor había llegado hasta Ada más rápido que el del frío. Eso significaba que las moléculas de aire caliente se dispersaban más rápido que las de aire frío.

Buscó rápidamente en sus apuntes. ¡Ahí estaba la solución al problema!

Miró el negro asfalto caliente debajo del tío Ned. La superficie calentaba el aire, que se alzaba en suaves ondas: ardientes ondas que apestaban a asfalto. Entonces, Ada Marie Magnífica supo exactamente qué hacer.

¡No había tiempo que perder!

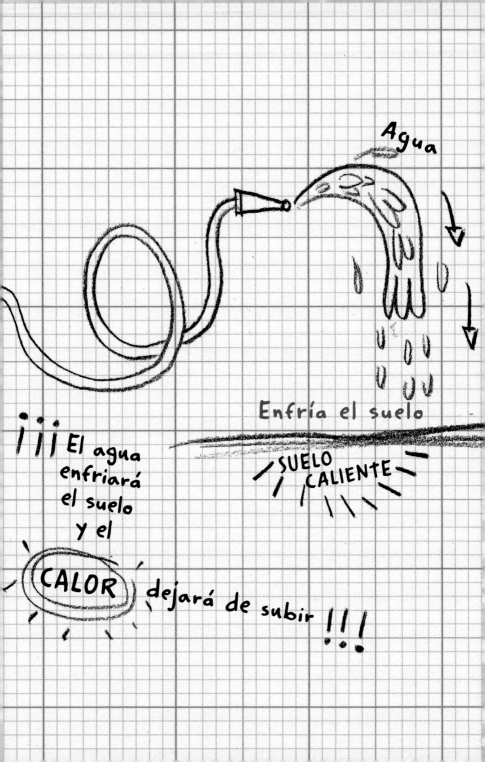

CAPÍTULO 17

—¡Rápido! —gritó Ada—. ¡Vamos por la manguera!

Ada y Pedro corrieron hacia la manguera, que estaba tendida sobre el pavimento caliente junto al camión de bomberos.

—¡No! —exclamó Rosa—. ¿Recuerdan lo que pasa? ¡Sacarán al tío Ned del remolino y se irá volando en el viento!

—No —dijo Ada—. ¡Confía en mí!

Tomó el extremo de la manguera.

Pedro la sujetó detrás de ella.

Rosa parecía dudar, pero se paró detrás de Pedro.

—¡Ábrela, Berta! —gritó Ada.

Berta activó el interruptor del camión y un grueso chorro de agua salió de la manguera. Era más fuerte de lo que Ada había imaginado. A los tres amigos les costaba controlar la manguera, pero lograron sujetarla.

—¡Prepárate, Boris! —gritó Ada y apuntó el chorro hacia el asfalto debajo del tío Ned.

El agua mojó la superficie caliente y, al instante, el tío Ned bajó en el aire. ¡No mucho, pero fue suficiente! ¡Boris estiró el brazo y lo agarró del pie!

Berta cerró la llave del agua y la manguera cayó al suelo. El tío Fredo subió por la escalera y agarró la cuerda que colgaba de la cintura del tío Ned.

—¡Lo tenemos! —gritó el tío Fredo.

La multitud vitoreó de nuevo.

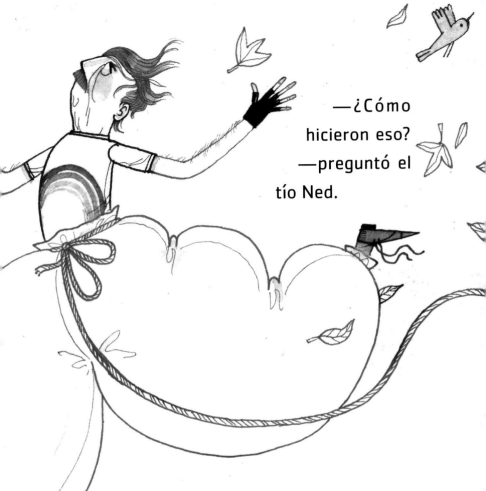

—¿Cómo hicieron eso? —preguntó el tío Ned.

—Recordé que el aire caliente ocupa más espacio que el aire frío, así que enfriamos el asfalto con agua. ¡Eso enfrió el aire sobre el suelo y permitió que bajaras lo suficiente como para agarrarte el pie!

—¡Bien hecho! —dijo el tío Ned—. ¿Ya puedo quitarme estos pantalones?

Pero no había tiempo. En ese instante, una fuerte ráfaga de viento entró al patio y se llevó todo el polvo y las hojas. El torbellino desapareció. Una pesada gota de agua cayó sobre el asfalto. Y luego otra. Y otra.

Las gotas de lluvia comenzaron a caer más y más rápido, y la multitud se dispersó. El tío Fredo ató la cuerda del tío Ned a la defensa del zoobús y reunió a los animales. Los Preguntones, junto con la mamá y el hermano de Ada, subieron al autobús.

Momentos después, el tío Fredo se detuvo en la casa de Ada, en la avenida de la Leche.

—¡Gracias por rescatarme! —dijo el tío Ned—. ¡Si no fuera por ti, ya estaría comido por los pájaros y a medio camino hacia Timbuctú!

—¡No hay de qué! —dijo Ada mientras se despedía del tío Ned, el tío Fredo, Pedro y Rosa.

El tío Fredo sonó el claxon y se fue calle abajo con el tío Ned flotando sobre el zoobús.

Arturo subió corriendo los escalones del porche de su casa. Ada y la señora Magníficalo siguieron mientras los truenos resonaban a lo lejos.

—Gracias por dejarme usar tu raqueta —dijo Ada—. Algún día serás campeón de tenis como Arthur Ashe.

—Tal vez —dijo Arturo—, pero tú deberías quedarte con la ciencia.

Arturo abrió la puerta y entró a la casa. Se detuvo y le sonrió a Ada.

—Bueno —dijo—, si alguna vez quieres jugar tenis, dime. No estuviste tan mal. Pero debes usar tu propia raqueta. ¡Y no tomes mis cosas!

Trató de parecer enojado, pero no pudo.

Ada le sonrió a su hermano mientras él cerraba la puerta, dejándolas a ella y a su mamá solas en el pórtico.

En ese justo instante, el cielo se abrió, y la lluvia cayó a cántaros sobre el techo del pórtico y formó charcos en el patio. El aroma a lluvia llegó hasta la nariz de Ada, que cerró los ojos un momento e inhaló. No era del tipo de olor que le repugnaba. Era una fragancia cálida y acogedora que se mezclaba con el perfume de su mamá, y era una de las mejores cosas del mundo.

Ada y su mamá se sentaron a mirar cómo la lluvia salpicaba el pasto. Su madre la abrazó.

—Ada —le dijo—, lamento no haberte escuchado cuando intentaste decirme lo del tío Ned. No te entendía.

Ada le sonrió a su mamá.

—Lo sé —dijo.

—Sabes que estoy muy orgullosa de ti —dijo la señora Magnífica—.Y...

—Ya sé —dijo Ada.

—¿Cómo sabes lo que voy a decirte?

—Porque ya me lo dijiste —dijo Ada.

Ada sonrió.

COSAS QUE ME DICE MAMÁ

1. El baño no es un laboratorio de ciencia.

2. La despensa no es una granja de hormigas.

3. No pongas mi cepillo de dientes en el cajón de lombrices.

4. No tomes las pertenencias de Arturo.

5. TE AMO.

—¿Ves? —dijo—. Siempre anoto las cosas importantes para recordarlas. Pero tengo una pregunta.

—¿Solo una? —dijo la señora Magnífica.

—Bueno... —dijo Ada—. ¿Las gotas de lluvia grandes saben distinto de las pequeñas? ¿Por qué la lluvia se ve gris en el aire, pero transparente en mi mano? ¿Por qué las lombrices salen a la acera cuando llueve? ¿Qué tal si...?

Conteo de aves

Urraca x 6

Cuervo x 13

Estornino x 3

Pájaro carpintero x 1

Pinzón morado x 5

Arrendajo azul x 17

Carbonero de capucha negra x 3

Chochín x 3

Paloma x 17

¡CIENCIA CIUDADANA!

Cuando Ada Magnífica hizo su experimento apestoso, procuró reunir toda la información posible. La recolección de datos es la manera en que los científicos ponen a prueba sus hipótesis y aprenden más sobre su objeto de estudio. A veces, los científicos necesitan ayuda para reunir datos. ¡Entonces acuden a los científicos ciudadanos!

Los científicos ciudadanos son personas como tú que ayudan en la investigación científica. Recolectan datos sobre los animales, el clima, el envejecimiento, la botánica y muchos otros temas.

El Gran Conteo de Aves de Jardín es un ejemplo de ciencia ciudadana en acción. ¡Cada febrero, más de cien mil personas de todas las edades y procedentes del mundo entero participan! Cuentan e identifican los pájaros de su entorno y comparten los datos recolectados.

El Gran Conteo de Aves de Jardín les proporciona a los científicos una imagen de las poblaciones de aves del mundo. Ellos usan los datos para aprender más sobre el clima, el cambio climático, las enfermedades de las aves y sus migraciones.

Puedes averiguar cómo participar en <GBBC.birdcount.org>.

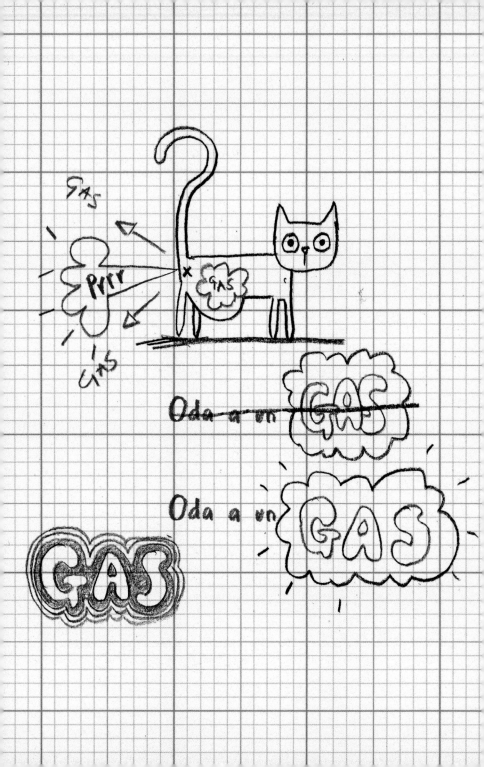

¡ODA A UN GAS!

¿Qué es un gas?
Es un montón de espacio
con unas cuantas moléculas que rebotan por
    doquier.
Rebotan más rápido y más lejos cuando la
    temperatura es alta.
Se vuelven lentas y se condensan con el frío.
En comparación con los sólidos, un gas no es
    gran cosa,
así que casi siempre puedes ver a través de él.

Algunos gases llenan cavernas subterráneas.
Algunos gases llenan el cielo.
Algunos gases llenan tu barriga y, por más que
    intentes retenerlos,
logran salir y hacen ruido.
Es vergonzoso, pero ¡ay!,
es parte de ser humano y, al final,
eso también pasará.

¡DEDICADO A LAS AVES!

A Ada Magnífica le encanta la ciencia. Le apasiona estudiar la naturaleza. Por eso, pasa mucho tiempo observando a los animales. ¡Sobre todo a las aves!

Hay muchas razones para estudiar a las aves:

- Han sido importantes para el arte, la mitología, la música y la cultura desde la antigüedad.
- Estudiarlas nos ayuda a entender el planeta y la naturaleza. Por ejemplo, el estudio de los pinzones de las islas Galápagos ayudó a Charles Darwin a entender el papel de la selección natural en la evolución.
- En cualquier lugar donde haya gente, las aves son una fuente de alimento. ¡Hay unos veintitrés mil millones de pollos en el planeta!
- Las aves viven en casi todo el paneta y viajan a casi todas partes. ¡El charrán

ártico (*Sterna paradisaea*) migra cada año desde el Ártico hasta la Antártida y de regreso! Eso es muuucho tiempo volando.

- Hay unas cien mil especies de aves en el planeta. Más de mil cuatrocientas están en peligro de extinción. Entender a las aves puede ayudarnos a saber cómo auxiliarlas.
- ¡El cuarenta por ciento de las especies de aves tienen poblaciones en declive!
- Las aves polinizan plantas y distribuyen semillas. Ayudan a mantener la variedad de las especies vegetales, lo cual también fomenta la diversidad de las especies animales. Esta variedad se llama biodiversidad. Las poblaciones de aves reflejan la salud de otras poblaciones de animales y plantas. ¡Estudiarlas nos ayuda a entender la salud de nuestro planeta!
- Las poblaciones de aves responden a los cambios ambientales, tanto buenos como malos.

- Las poblaciones disminuyen debido a la falta de alimentos, la destrucción de sus terrenos de anidación y la contaminación. Los cambios del clima también pueden afectar las migraciones de las aves. Pueden migrar demasiado pronto a causa del aumento de la temperatura, pero las semillas o insectos que necesitan para alimentarse tal vez no estén disponibles todavía. En ese caso, las aves pueden morir de hambre.
- La disminución de las poblaciones de aves a menudo reflejan la disminución de las poblaciones de insectos, mamíferos, reptiles y otros animales.
- Necesitamos biodiversidad para tener buenas fuentes de alimentos, así como aire y agua de calidad. Sin estas cosas, ¡los humanos no podemos sobrevivir en el planeta!

PIENSA EN ESTO...

A menos que tú mismo lo cultives, todo lo que comes viene de otro lugar. Puede ser un lugar cercano o estar al otro lado del planeta. Hasta un bocadillo puede tener componentes de muchos lugares. En cualquier caso, los ingredientes de los productos, así como su transporte y empaque, producen un fuerte impacto en el ambiente y los animales, incluidas las aves.

Un ingrediente que se usa a menudo en los alimentos empacados es el aceite de palma. Las palmeras que lo producen crecen en América del Norte, Sudamérica, Asia y África. Se cultivan en plantaciones. En algunas de ellas, se emplean métodos buenos, sustentables. Sin embargo, enormes extensiones de selvas autóctonas se incendian para cederles espacio a las plantaciones de palmeras.

Eso es muy malo para nuestro planeta, pues las selvas tropicales son el hogar de casi la mitad de las especies de animales y plantas que existen. La destrucción de las selvas arruina el hábitat de aves y otros animales, como los orangutanes, que están en peligro de extinción.

Los árboles de las selvas tropicales del mundo absorben dióxido de carbono del aire y liberan oxígeno a la atmósfera. Cuando son destruidos, el dióxido de carbono se queda en la atmósfera. Lo que es peor: cuando los árboles se queman, liberan enormes cantidades de dióxido de carbono. Este dióxido de carbono retiene el calor en la atmósfera y calienta el planeta.

Este calentamiento está generando cambios climáticos que reducen los glaciares y cambian los patrones del clima, lo cual provoca fuertes tormentas y aumenta el nivel de los océanos. El aumento del nivel del mar y de la temperatura pone en riesgo los hogares y las fuentes de alimento de millones de personas.

¿Qué puedes hacer al respecto?

Lee las etiquetas de tus alimentos y otros productos, como el champú o los artículos de limpieza, para ver si contienen aceite de palma. Investiga un poco para ver si los fabricantes de esos productos emplean fuentes sustentables de aceite de palma. Un consejo: ¡un bibliotecario puede ayudarte mucho! Comparte lo que aprendas con tus amigos y tu familia. Averigua sobre algunos grupos que estén trabajando para detener la destrucción de las selvas.

¿Qué acciones puedes realizar y qué cambios de tu parte pueden marcar una diferencia positiva?

AGRADECIMIENTOS

Desde el momento en que una idea surge en nuestras cabezas hasta el instante en que, en algún lugar, un lector abre el libro en un cómodo sofá, muchas personas aportan su talento y energía para que estos libros salgan lo mejor posible. Queremos dar las gracias a todos los bibliotecarios, educadores y padres que comparten nuestras historias con los niños de sus vidas. Gracias a los libreros independientes que venden nuestros libros en sus hermosos locales y comparten su entusiasmo y amor por la lectura con todas las personas que atraviesan su puerta. Gracias a todas las personas que venden, promueven, distribuyen y anuncian los libros, y a todos los involucrados en el diseño, la producción y los aspectos comerciales y legales del proceso.

Hay muchas, muchas personas que demuestran su amor por estos libros con su arduo trabajo. ¡Gracias, familia Abrams!

Un agradecimiento especial a Erica Finkel, Andrew Smith, Chad W. Beckerman, Courtney Code, Jody Mosley, Amy Vreeland, Erin Vandeveer, Hana Anouk Nakamura, Hallie Patterson, Liz Fithian, Melanie Chang, Trish McNamara O'Neill, Jenny Choy, Elisa Gonzalez, Mary Wowk, Wendy Ceballos y Michael Jacobs.

Gracias, Rebecca Sherman y todos en Writers House. Gracias, Christine Isteed y Artist Partners Ltd.

Gracias a Christopher Williams, Michael Uram, Katie Uram y Andrew Uram. También a Jason Wells, Nicole Russo y Tamar Brazis. Y gracias eternas a Susan Van Metre, sin la cual nada de esto habría podido ocurrir.

SOBRE LA AUTORA

ANDREA BEATY es la autora de *Rosa Pionera, ingeniera*; *Ada Magnífica, científica*; y *Pedro Perfecto, arquitecto*; así como de las novelas *Dorko the Magnificent* [Dorko el magnífico] y *Attack of the Fluffy Bunnies* [El ataque de los conejitos esponjosos]. Estudió biología y ciencias de la computación, y pasó muchos años trabajando en la industria informática. Ahora escribe libros para niños en su casa de las afueras de Chicago.

SOBRE EL ILUSTRADOR

DAVID ROBERTS ha ilustrado muchos libros, entre ellos *Rosa Pionera, ingeniera*; *Ada Magnífica, científica*; y *Pedro Perfecto, arquitecto*; así como *The Cook and the King* [El cocinero y el rey] y *Happy Birthday, Madame Chapeau* [Feliz cumpleaños, señora Chapeau]. Vive en Londres, donde, cuando no está dibujando, le gusta confeccionar sombreros.